Walter Klier Pegasus

Walter Klier

Pegasus

oder

Ich hasse meinen Lieblingsbuchhändler

Deuticke

Geographisch sind mein Buchhändler und ich uns im Lauf der Zeit immer näher gekommen. Als er anfing, um 1980, als prägendes Element der grün-alternativen Gründerjahre, waren wir eine halbe Gehstunde voneinander entfernt. Der Form der Parabel folgend, hat er sich seither über eine Anzahl von Stationen bis ins Stadtzentrum vorgearbeitet, wo ich immer schon wohne. Der Laden heißt seit dem ersten Tag seines Bestehens *Pegasus*, was angesichts der Herkunft aus einer Epoche, wo man es unter *Gegenwind*, *Narrenschiff*, *Zartbitter*, *Chaiselongue* oder *Wespennest* nicht tun wollte, von recht vornehmer Zurückhaltung des Gründers zeugt.

Da war das Buchcafé, das glücklicherweise abbrannte, bevor er mit seinem Kompagnon endgültig Pleite machen konnte; dann das Lokal in der Müllerstraße, Schauplatz des wöchentlichen Plenums der Alternativen Liste 1983/84, als »wir« mit einem Mandat in den Gemeinderat unserer kleinen Stadt einzogen und die Aufregung allseits dementsprechend groß war. Es folgte die Übersiedlung in den zweiten Stock des *Utopia*, wie die »Grüne Traumwerkstatt« schließlich getauft wurde, wo wegen maximaler Entfernung von jedweder möglichen Kundschaft bald wieder der Untergang drohte. Zu einer Zeit, als der

Körperkult noch nichts für fortschrittliche Großstadtmenschen war, bedeutete die solidarische Pilgerfahrt nach Wilten allerdings einen nicht zu unterschätzenden Beitrag zum Fitbleiben; ebenso wie der anschließende Rundkurs um den länglich-ovalen Tisch mit den Neuerscheinungen: Gleich an welcher Seite man gerade stand, die interessanteren Titel lagen immer gegenüber. So blieb man in Bewegung.

Es folgten Jahre des Kampfes an der ökonomischen Vegetationsgrenze; in Fannys Worten: der Aschenbecher war immer viel voller als die Kasse. (Sie gibt an, zeitweise bloß »zum Rauchen« dort hingegangen zu sein.) Das hat Stefan aber nie gehindert, seinen Bestand an schwer verkäuflichen Heften der Friedenauer Presse in einem Ausmaß zu pflegen, das die besten hauptstädtischen Adressen in den Schatten stellte. Das *Schreibheft* führte er schon, als es selbst von gebildeteren Kollegen noch als Fall für die Bürowarenabteilung betrachtet wurde.

Schließlich kaufte ein philanthropischer Rechtsanwalt den Laden, als Beitrag zu seinem Seelenheil und zur Erhaltung der Meinungsvielfalt, und ermöglichte die Übersiedlung in den historischen Kern der Stadt. Die Entfernung zum *Pegasus* ist damit auf zwei Minuten geschrumpft. Ich habe mich all die Jahre nicht vom Fleck bewegt, ein Umstand, von dem alte und uralte Bekannte zu meinem oft erheblichen Schrecken profitieren, indem sie ohne Vorwarnung nach fünfzehn Jahren Funkstille eines

Abends anrufen und mich fragen, was ich so treibe im Leben.

Mein Buchhändler heißt jetzt Stefan, nachdem er schon Franz, Thomas, Georg, Sabine und zweimal Martin geheißen hat, von einer größeren Zahl nur kurzzeitig Beschäftigter abgesehen, deren Namen ich vergessen habe, wiewohl die Farbigkeit der Charaktere immer direkt proportional zur Kürze der Verweildauer im *Pegasus* war. Von diesen skurrilen Sonderformen soll hier nicht die Rede sein, sondern vom Idealtyp, den wir Stefan nennen (im Gegensatz zum herkömmlichen Buchhandel ist hier in der alternativen Buchhandlung die Frauenquote niedrig) und dessen wechselnde Identität und, wenn auch in geringerem Maß, wechselnder äußerer Habitus nichts an seiner essentiellen Buchhändlerhaftigkeit geändert haben. Auch daß der Laden nun, im siebzehnten Jahr seines Bestehens, deutlich weniger schmuddelig und besser mit Büchern ausgerüstet erscheint als früher, ändert nichts am Wesen der Sache.

Das Wesen der Sache, das früher durch die mit peinigender Selbstverständlichkeit strickenden und säugenden Frauen der Basis signalisiert wurde, die auch außerhalb der Plenumssitzungen das *Pegasus* bevölkerten (und die Raucher in die Defensive drängten), findet heute seinen Ausdruck in der dauerhaft eingerichteten Kinderkrabbelecke, die eines der beiden Schaufenster ausfüllt und in der die (vorläufig) zu gehorsamen Tofu-Essern heranwachsenden Rotznasen zwischen Montessori-Klötzchen, Puppen aus Stoff (mit deren Hilfe bei Bedarf auch ein sexueller Kindesmißbrauch nachgestellt werden könnte) und handgewebten nikaraguanischen Decken ihren Bildungshunger an garantiert gewaltfreien Kinderbüchern stillen – man ist versucht, von »Schrifttum« zu sprechen.

Mein Freund B., ebenfalls Kunde bei Stefan und Vater zweier vielversprechender Töchter und eines ebensolchen Sohns, lobt die Krabbelecke sehr. Sie erlaubt ihm, am Samstagvormittag mit den Kindern in die Stadt zu gehen und in Ruhe bei Stefan zu stöbern; allerdings hat die Älteste inzwischen angefangen, sich für die Literatur jenseits der Stofftiere zu interessieren, dafür ist sie aber noch zu klein. Denn dort herrschen nicht nur Ernesto Cardenal und Mutter Teresa, sondern auch der Marquis de Sade, Jean Genet und Pasolini, und – pädagogisch noch weit riskanter – deren fotografische Pendants. Der kleinen Frida klarzumachen, daß der opulente Bildband über *Salò oder die 120 Tage von Sodom* noch nichts für sie ist, ebensowenig wie das reich bebilderte Werk über die Verbrechen der Deutschen Wehrmacht im Osten, fällt B. immer schwerer, nachdem er die ersten Jahre, als die Kleine nicht lesen, sondern nur fernsehen wollte, schon an ihrer Alphabetisierung zweifelte. Jetzt bereitet sie Sorgen, weil sie nichts als Lesen im Kopf hat und mit den buchförmigen Auslegern der neuen Sanftheit nicht das Auslangen findet. Wenn man das Kind zu nichts zwingen und ihm nichts verbieten will, ist es mitunter schwierig, es auf den rechten Weg zu bringen.

Ich komme wochentags, da ist die Krabbelecke immer leer. Um dem Verdacht vorzubeugen, hier würden Polster, Plüschtiere oder gar Kinder verkauft, hat Stefan auf ein Fenster im ersten Stock mit großen roten Klebebuchstaben BÜCHER geschrieben. Denn auch dem anderen Schaufenster ist nicht immer gleich anzusehen, was hier feilgeboten werden soll. Schaufensterästhetisch ist Stefan nämlich ein Vertreter des Happenings und der moralisch einwandfreien Botschaft, dies in wechselnder Zusammensetzung. Neulich hatte er eine nackte, weibliche (!) Schaufensterpuppe in der Auslage, kurze Zeit später ein kleines Schüttbild von einem lokalen Hermann-Nitsch-Vorläufer.

Als Verfasser von Büchern habe ich zu Stefan ein enges Verhältnis, dem gleichwohl eine Tendenz zum Katastrophischen innewohnt, und dies auf zweierlei Ebenen.

Ich bin, wie jeder Schreiber, ein versessener Leser. Den Kollegen, die modischerweise behaupten, »nichts mehr« oder »nichts Zeitgenössisches mehr« oder »keine Belletristik« zu lesen, kann man getrost mißtrauen. Vom Amüsement abgesehen, das immer seine Rolle spielt, benötige ich verschiedenerlei Bücher – zur Anregung, zur Forschung oder zum Abschreiben. Da ich die Klassiker und gängigen Nachschlagewerke in der Regel schon besitze und wegen meiner Tätigkeit als Rezensent mit Neuerscheinungen eingedeckt bin, genaugenommen Neuerscheinungen nicht mehr ausstehen kann, Stefan seinerseits aber nichts anderes führt (von den Ladenhütern wird noch die Rede sein), ist für mich die Buchhandlung der Ort, wo Bücher *nicht* vorrätig sind.

Egal, ob ich mich gerade für Egon Friedell oder Ivy Compton-Burnett interessiere, was immer ich zu kaufen wünsche, ist wie durch einen bösen Zauber gerade nicht vorrätig. Will ich Cees Nooteboom, ist dieser noch nicht in, brauche ich Doderer, ist der gerade out.

Stefan sagt im Tonfall von »Das ist die normalste Sache der Welt«: Soll ich es Ihnen bestellen? Weil er mein langjähriger Lieblingsbuchhändler ist, sagt er eigentlich: Soll ich es *dir* bestellen?

Ich hatte gedacht, meinen John Kennedy Toole jetzt zu lesen und nicht nächste Woche, wo ich wieder eine von diesen Neuerscheinungen werde lesen müssen, und so sage ich ebenfalls, was ich immer sage, nämlich ja.

Stefan setzt eine hochmoderne Vorrichtung in Gang, mit deren Hilfe jedes Buch innerhalb von sechsunddreißig, höchstens achtundvierzig Stunden beschafft werden kann.

Es genügt, daß er einem elektronischen Kästchen auf dem Ladentisch eine Nummer eingibt, und schon beginnen in der fernen, riesigen Lagerhalle sich die automatischen Greifarme am zehnstöckigen Regal entlangzutasten; in wenigen Minuten ist der gesuchte Band gefunden, auf ein Fließband gelegt, vollautomatisch zusammen mit der ebenfalls in Blitzesschnelle erstellten Rechnung verpackt, in ein Lastauto (vielmehr, was noch schneller klingt, einen LKW) geworfen und rast in brausender Fahrt zur heimischen Buchhandlung. Dies gilt allerdings nur, wenn es sich bei dem gefragten Buch um den neuen Eco handelt.

In den Fällen, wo *ich* diese Errungenschaft zu nutzen hoffe, dauert die Beschaffung des Gewünschten nicht sechsunddreißig Stunden, sondern achtundvierzig Tage, in deren mühseligem Verlauf das anfangs starke Interesse für Robert Graves erlahmt, hingegen jenes für Molly Keane erwacht, deren Bücher selbstredend auch erst bestellt werden müssen, und so fort *da capo al fine*.

Der Kapitalismus in seiner reifen Form zeichnet sich dadurch aus, daß unter dem scheinbaren Warenüberfluß der Mangel immer bitterer wird: Gleich ob man einer neuen Klobürste bedarf oder des Textverarbeitungsprogramms *Word 6.0* – was immer man gerade dringend braucht, ist nicht vorrätig und »muß bestellt werden«. Und das dauert. Der Unterschied zum Sozialismus besteht darin, daß niemand so recht weiß, warum es dauert, und daß immer wechselnde, aber niemals stichhaltige Gründe dafür angegeben werden.

Manchmal gehen unsere Zeitgeistuhren so verschieden, daß die Kommunikation völlig zusammenbricht. In der Phase Stefan IIb, also etwa 1985, verlangte ich Peter Weissens *Ästhetik des Widerstands*, gerade in einer preiswerten einbändigen Sonderausgabe erschienen, Stefan IIb setzte den charakteristischen, leicht irren Blick auf und startete in die Weite seines Ladens hinaus, um schließlich in der Abteilung Philosophie zu stagnieren.

Bei seinem Nachfolger, Stefan III, machte ich einmal den Fehler, den Titel eines Romans von Thomas Pynchon, *V.*, englisch auszusprechen, was in eine Karl-Valentin-Improvisation mündete.

– Wi-ij.

– Wie?

– V.

– Wie?

– Fau!

– Was?

usw.

Stefan hat nicht nur seinen breiten und langen Gabentisch, der sich unter ofenfrischen Büchern biegt, nämlich den neuen Ecos, die man also nicht erst bestellen muß, und hinten an der Wand das längliche Brett mit vielen Werken von eher speziellerem Interesse, überdies ragt im Zentrum der Buchhandlung eine Reihe von Regalen auf, die in ihrer Gesamtheit die Bezeichnung Sortiment trägt. Dort, heißt es, findet man alles, was nicht aktuell, aber doch wichtig ist und wovon man früher angenommen hat, daß hier die Entdeckungen zu machen sind, die Abenteuer im Kopf auf einen warten. Man will sich ja auch mal überraschen lassen. Weit gefehlt: Hier stehen nicht die Entdeckungen, hier stehen die Ladenhüter.

Die Welt der Bücher zerfällt in Ecos und Nicht-Ecos. Die Ecos sind die, die palettenweise kommen und von der Kasse weg verkauft werden. Der Vorläufer des Ladenhüters ist der Nicht-Eco, also eines jener Bücher, die von vornherein in kleiner Menge angeschafft wurden; auch hat der Verlag vermieden, durch besondere Propagandamaßnahmen auf sie hinzuweisen, und Vertreter, Redakteure und Rezensenten haben in schönem Gleichklang Stillschweigen bewahrt und sich diesmal auf Rushdie, Maron und Wolf (Christa, nicht Markus) beschränkt. Ihre Aufgabe ist es, Ordnung im Kopf der Leser zu schaffen und nicht Unordnung.

Dem Buchhändler ist das recht, denn wie alle Händler ist er ein Anhänger der Planwirtschaft. Am liebsten würde er möglichst wenige verschiedene Produkte in möglichst großen Mengen abverkaufen. Jeder Nicht-Eco ist da Sand im Getriebe, ein Stolperstein auf dem Weg zur reibungslosen Geschäftsgebarung. Wunderbar wäre die Welt, gäbe es auf ihr nur ein Buch. Oder wenigstens pro Saison nur ein neues. Tatsächlich herrscht der bedauerlichste Überfluß an Druckwerken, und der Buchhändler hat seine liebe Not damit, sich zwischen diesem Chaos und dem Chaos in den Köpfen seiner Kunden zu behaupten. Die kommen nämlich hereingeschneit und sagen: Da haben sie gestern im Fernsehen über ein Buch geredet, haben Sie das? Ich weiß den Titel nicht mehr, und auch den Autor hab' ich vergessen, aber der Umschlag war gelb. Oder sie sagen: Ich brauche ein Buch für meine Großtante, können Sie mir da etwas raten? Sie wird nächstens achtzig.

Die Steigerungsstufe der gemeinen Nicht-Ecos sind die gespenstischen Vertreter jener Gattung, von der der Buchhändler nicht einmal ein einziges Exemplar bestellt; man könnte sie virtuelle Nicht-Ecos nennen.

Die Frage, warum Nicht-Ecos überhaupt verlegt werden, kann hier nur gestreift werden. Da ist das ungeschriebene Gesetz, demzufolge ein Verlag nicht bloß ein oder zwei Bücher pro Saison herausbringen darf. Es muß mindestens ein Dutzend sein, sonst verlöre er wichtige Laufmeter im Regal, oder das Programm würde nichts gleichschauen, oder warum auch immer. Vielleicht ist auch der Verleger zu gutmütig und nimmt seinen Autoren alles ab, was sie ihm bringen, oder es kommt daher, daß man im freien Westen lebt und jeder seine Meinung sagen kann – und soll!, oder aber daher, daß es heutzutage kein Qualitätsbewußtsein mehr gibt und jeder, aber auch jeder Dreck gedruckt wird. Sie werden diese Theorien auch kennen.

Überdies gibt es in der Heldensage des Verlagswesens die Regel (in den Worten meiner ersten Lektorin), daß »manchmal auch ein Besen schießt«, daß man also, ohne es zu ahnen, auf eine Goldader des Zeitgeistes stoßen kann.

Das kommt natürlich nur in den Geschichten aus der großen Zeit vor. Üblicherweise bestellt der Buchhändler, von den Ecos abgesehen, von der Hälfte der angebotenen Titel widerwillig je drei Stück, weil ihm der Vertreter leid tut, weil er ihn endlich loswerden will oder weil er ihm – oder ihr – einen Gefallen tun möchte.

Sind von den dreien zwei verkauft, wandert das verbliebene Stück ins Regal. Dort führt es von nun an das Leben eines Ladenhüters. Es steht nicht dort, um verkauft zu werden, sondern um den Gesamteindruck »Bücherwand« vermitteln zu helfen (siehe oben, Freier Westen und Meinungsvielfalt). Sollte es doch einmal jemand kaufen, wird es nicht nachbestellt, sondern die Lücke aus der Abteilung »spezielleres Interesse« gefüllt. So kommt es, daß das Regal in seinem idealen Endzustand nur noch Bücher enthält, von denen sozusagen empirisch nachgewiesen wurde, daß niemand sich für sie interessiert.

Vor vielen Jahren, als Stefan und ich noch jünger waren (Phase Stefan IV, um 1987), gelang es mir, ihn mit meiner Begeisterung für den *Kummer von Flandern* anzustecken, den wunderbaren dikken Roman von Hugo Claus, und er schaffte extra ein Exemplar fürs Regal an. Diese gemeinsame Offensive änderte allerdings auch nichts daran, daß der Meister Claus, in den Worten von Hans Dieter Hüsch, »marketingmäßig eher n' Langzeittyp« geblieben ist. So stand der *Kummer von Flandern* dann Jahr um Jahr mit langsam gilbendem Buchrücken und in, wie mir schien, irgendwie vorwurfsvoller Haltung im Regal, so als sei es meine Schuld, daß er hier in dieser Sackgasse, auf dieser Endlagerstätte des Weltgeistes gelandet war.

Eine dem Sortiment vergleichbare Entwicklung zeigen übrigens private Bücherwände. Auch dort sammeln sich schließlich alle jene Bände an, die man nie jemand anderem in voreiliger und, aus der Distanz betrachtet, völlig unsinniger Begeisterung aufgeschwatzt und leihweise aufgedrängt hat, was in der Folge regelhaft zu peinlichen Situationen führt – denn das Buch muß, theoretisch, ja wieder zurückgegeben und zumindest kurz besprochen werden. Daher wird der jeweilige Freund, um die Freundschaft nicht zu gefährden, so tun, als hätte er das Buch vergessen respektive nie erhalten. Selber vergißt man mit der Zeit ebenfalls, wem man es »geliehen« hat, wodurch die Freundschaft gerettet, der Zustand der eigenen Bibliothek dem traurigen Endzustand »Sortiment« aber wieder um einen Schritt nähergekommen ist.

Irgendwann im Leben ist der Tag gekommen: Der bisher nur als Käufer und Leser in Erscheinung Getretene hat sich nicht nur innerlich, sondern endlich auch äußerlich und hochoffiziell in einen Schreiber, Schriftsteller, manchmal sogar Dichter verwandelt. Das Buch, an dem er so viele Jahre mit wechselndem Glück und Eifer geschrieben hat, ist tatsächlich erschienen. Die Zeit des grauen Larven- und Puppendaseins ist vorbei, die Schmetterlingstage beginnen – so glaubt der Schreiber. In der – eingestanden – kindischen Meinung, es handle sich hiebei wenigstens auf regionaler Ebene um einen Nicht-Eco der gehobenen Kategorie (zehn Exemplare fix, vielleicht sogar eine Woche Schaufenster), also um etwas einigermaßen, ein wenig, ein klein wenig Beachtenswertes, möchte er sich gern von seinem Buchhändler bestärken lassen.

Zwar hegt unser Autor schon seit längerem den Verdacht, daß Stefans Geschmack von dem seinen doch erheblich abweichen muß; wie sonst wäre es möglich, daß Stefan nie etwas von dem auf Lager hat, was er gerade will?

Doch werden die keimenden Befürchtungen in besagtem Keim erstickt: Stefan wird doch ein Minimum an Lokalpatriotismus besitzen, und er wird der Unsummen gedenken, die ich trotz der vielen geschilderten Schwierigkeiten schon bei ihm abgeladen habe, er wird doch wenigstens so tun können, als läge hier ein Ereignis von lokaler Bedeutung vor, und mein Werklein, ein paar Tage lang wenigstens!, zwischen Ngugi wa Thiongo, Nadine Gordimer und der Neuauflage der Weisheit der Burkina-Faso-Hebammen (mit deren neuesten Erkenntnissen über die Vorteile des Hockendgebärens) in sein wie immer liebevoll gestaltetes Schaufenster zwischen die transsaharischen Töpfer- und Flechtkunstwerke legen. Er soll ruhig damit warten, bis die afrikanischen Wochen zu Ende sind; dort paßt diese Beziehungsgeschichte aus dem Studentenmilieu nun tatsächlich nicht hin, die auch noch hier, in unserer kleinen Stadt spielt und in einem Verlag erschienen ist, der üblicherweise Ramsch-Ecos verlegt und jetzt mit einer »literarischen Reihe« auf dem Nicht-Eco-Sektor reüssieren will.

Doch Stefan ist, wie die meisten seiner Gattung, ein Mann von Prinzipien und in seiner Position praktisch für das Wohlergehen breitester Schichten verantwortlich. Einmal das falsche Buch ins Schaufenster gelegt, und ein neuerlicher Sieg wenn nicht des Fasch-, dann doch des Sex-, Rass- oder Liberalismus würde unaufhaltsam.

Und, wir ahnen es, er findet mich zwar privat recht nett, doch kundengewinnungstechnisch nicht zuverlässig, irgendwie verschwommen, mit einer Tendenz zum Reaktionären, ja Unpolitischen. Wollte ich ihm nicht einmal einen Doderer, oder war es Benn, abkaufen? Bei Abwägung der Risken, einerseits das bewußte Buch ins Schaufenster oder gar neben die Kasse zu legen und sich mitschuldig am Abgleiten einer unkalkulierbaren Zahl von Mitbürgern (Heranwachsenden!) in die moralische Fragwürdigkeit zu machen oder aber andererseits den Autor zu verstimmen (der sich ohne Zweifel wieder beruhigen wird), fällt die Entscheidung nicht schwer.

Die paar Exemplare des Buches, die er der Vertreterin zuliebe bestellt hat, bleiben bis auf eines hinten im Lager, und dieses eine wird an abgelegener Stelle im Regal eingeordnet. Verlangt jemand es tatsächlich, holt Stefan es aus dem Versteck, wie er in seiner Lehrzeit in der großen katholischen Buchhandlung die Deschner, Wollschläger und Tomi Ungerer aus dem Versteck holte, bis die fünf Stück endlich abverkauft sind. Dann kann er, falls jemand lästig wird, immer noch sagen: Bestellen kann ich es Ihnen zwar, aber das dauert ... Immerhin, denn der herkömmliche Buchhändler sagt an dieser Stelle »in a frank, steady voice«: Dieses Buch gibt es nicht. Nur die weicheren unter ihnen sagen »nicht mehr«.

Jahrein, jahraus leidet so der Autor still, starrt bei jedem Besuch erneut mit leicht verschleiertem Blick, tränend wegen der neuen Einweg-Kontaktlinsen, auf die Stelle im Regal, wo nach der Ordnung des Alphabets eigentlich sein Buch stehen müßte und wo, wie es scheint, alle anderen, bis hin zu den wahrhaft Bedeutungslosen, Unsinnigen und finalen Ladenhütern stehen, als wär's das Selbstverständlichste, und er denkt bei sich: Eines Tages bring' ich ihn um.

Schüchtern, wohlerzogen, zur Selbstbezichtigung neigend, wie er ist, fragt er sich, ob er denn ein Egomane und Unmensch ist, weil er von Stefan erwartet, wenigstens ein Exemplar an einigermaßen sichtbarer Stelle vorrätig zu halten und – nachzubestellen, wenn es denn doch jemand kaufen sollte. Das ist nachweislich schon vorgekommen. Wäre es kleinlich, ihm vorzuhalten, daß die große katholische und die »liberale« Buchhandlung der Stadt inzwischen beide schon einmal ein Buch unseres Autors in der Auslage hatten, auch gelegentlich einen Stoß davon auf den Tisch »spezielleres Interesse« legen oder zu den Neuerscheinungen – denn, wie man errät, hat er mittlerweile noch weitere Titel veröffentlicht? Nein, befindet der Autor, es wäre (in den Worten unseres städtischen Kultur-Senatsrats) »kein unbilliges Verlangen«, doch wie sag ich's meinem Stefan?

So wird, wie bei einer allzu lange unerklärten Liebe viktorianischen Zuschnitts, die Lage immer prekärer, und es ist kaum noch vorstellbar, wie sie noch ins Lot zu bringen wäre. In Frage kommen nur endgültiger Liebesentzug oder ein Gewaltverbrechen. Den Liebesentzug habe ich schon oft versucht und bin abwechselnd zum Katholiken und zum Liberalen abgewandert, deren Sortiment ja auch bedeutend besser ist (was nicht heißt, daß sie die Bücher, die ich brauche, vorrätig hätten), insbesondere hat der Katholik Stefan bei den Frauen überholt und bei der Art Fastfood, die eine Zeitlang grell rot-gelb unter dem Label *rowohlt aktuell* lief, der Liberale bei Esoterik und Dritter Welt, Stefans Hauptgebieten, die mich schon zur Zeit des ovalen Tisches, als ich diesbezüglich wenigstens noch ein schlechtes Gewissen hatte, nicht interessierten. Die Schwulen werden übrigens von allen dreien grob vernachlässigt. Bei der Friedenauer Presse ist Stefan immer noch unschlagbar. Wie dem auch sei, aus irgendeinem Grund, und sei es nur wegen unserer geographischen Nähe, kehre ich immer wieder zu Stefan zurück – und leide.

Stefan gibt vor, davon nichts zu merken. Womöglich merkt er ja wirklich nichts. Vor einiger Zeit hat er einem Unverdrossenen das vierte Exemplar von meinem zuletzt erschienenen Buch nach längerer Wartezeit (diesmal war der Auslieferer schuld) verkauft, und anstatt ihn umzubringen, habe ich mich im fünfzehnten Jahr des *Pegasus* dazu durchgerungen, ihn zu fragen, wie es sich so verkauft.

Stefan strahlt mich an, gut gelaunt wie immer, und sagt: Gut. Grad kürzlich hab ich das letzte verkauft.

Auf meinem kurzen Heimweg wäge ich jedes seiner Worte: Gut – kürzlich – das letzte?

WALTER KLIER, geb. 1955, lebt als Schriftsteller, Kritiker und Übersetzer in Innsbruck. Aufenthalte in Großbritannien und Frankreich, 1989/90 Stipendiat des Literarischen Colloquiums Berlin. Österreichischer Förderungspreis für Literatur 1997. Mitherausgeber der Zeitschriften »Luftballon« (1980–84) und »Gegenwart« (1989–1997, mit Stefanie Holzer).

BUCHVERÖFFENTLICHUNGEN:

Flaschenpost, Roman, Schneekluth: München 1983 (jetzt bei Deuticke, Wien); *Die Anfänger*, Erzählung, Schneekluth: München 1985 (vergriffen); *Katarina Mueller Biografie*, Handpresse: Innsbruck 1988; *Kaufhaus Eden und andere Prosa*, salzburger edition/Aigner Verlag: Salzburg 1990; *Luciana Glaser: Winterende*, Erzählung (zus. mit Stefanie Holzer), Zsolnay: Wien 1990 (Buch des Monats April '90 der Darmstädter Jury); *Aufrührer*, Roman, Deuticke: Wien 1991; *Luciana Glaser, Eine Karriere* (zus. mit Stefanie Holzer), Edition Löwenzahn: Innsbruck 1991; *Das Shakespeare-Komplott*, Essay, Steidl: Göttingen 1994 (Taschenbuchausgabe 1997); *Tirol*, Essays zu einem Bildband mit Photographien von Lois Lammerhuber, Brandstätter: Wien 1994; *Essays aus fünf Jahren Gegenwart* (Hg. zus. mit Stefanie Holzer), Deuticke: Wien 1994; *Es ist ein gutes Land, Österreich in den neunziger Jahren*, Essay, Deuticke: Wien 1995.

Literaturkritik und Essays in »Merkur«, »Frankfurter Allgemeine Zeitung«, »tageszeitung«, »Die Zeit«, »Die Presse«, »Lesezirkel«, »Alltag« u.a. Seit 1984 ständige Mitarbeit am »Extra« der Wiener Zeitung.

Der neue Roman von Walter Klier, *Grüne Zeiten*, erscheint im Frühjahr 1998 bei Deuticke.

*Für die
Freunde des Verlages Deuticke
als Jahresgabe
im Dezember 1997
in einer einmaligen Auflage
von 1.000 Exemplaren gedruckt.*

Autorenfoto: Sascha Manówicz
Druck: Druckhaus Grasl, Bad Vöslau

Printed in Austria
ISBN 3-216-30357-8